Un vampire en détresse

Illustrations
de Jules Prud'homme

la courte échelle
Les éditions de la courte échelle inc.

Les éditions de la courte échelle inc.
5243, boul. Saint-Laurent
Montréal (Québec) H2T 1S4

Conception graphique:
Derome design inc.

Révision des textes:
Lise Duquette

Dépôt légal, 2e trimestre 2000
Bibliothèque nationale du Québec

La courte échelle bénéficie de l'aide du ministère du Patrimoine canadien dans le cadre de son Programme d'aide au développement de l'industrie de l'édition. La courte échelle est aussi inscrite au programme de subvention globale du Conseil des Arts du Canada et bénéficie de l'appui du gouvernement du Québec par l'intermédiaire de la SODEC.

Données de catalogage avant publication (Canada)

Leblanc, Louise

Un vampire en détresse

(Premier Roman; PR94)

ISBN: 2-89021-411-7

I. Prud'homme, Jules. II. Titre. III. Collection.

PS8573.E25V35 2000 jC843'.54 C99-941913-7
PS9573.E25V35 2000
PZ23.L42Va 2000

Louise Leblanc

Née à Montréal, Louise Leblanc a d'abord enseigné le français, avant d'exercer différents métiers: mannequin, recherchiste, rédactrice publicitaire. Elle a aussi fait du théâtre, du mime, de la danse, du piano et elle pratique plusieurs sports.

Depuis 1985, elle se consacre à l'écriture. Sa série Léonard, publiée dans la collection Premier Roman, fait un malheur auprès des jeunes amateurs de vampires. *Deux amis dans la nuit*, le deuxième titre de la série, a d'ailleurs remporté le prix du livre de jeunesse Québec/Wallonie-Bruxelles 1998. Son héroïne Sophie connaît aussi un grand succès. En 1993, Louise Leblanc obtenait la première place au palmarès des clubs de la Livromagie pour *Sophie lance et compte*. Plusieurs titres de cette série sont traduits en anglais, en espagnol, en danois, en grec et en slovène. Louise Leblanc est également auteure de nouvelles et de romans pour les adultes, dont *37 ½ AA* qui lui a valu le prix Robert-Cliche, et elle écrit pour la radio et la télévision.

Jules Prud'homme

Ses amis disent de Jules Prud'homme que c'est un homme charmant... rempli de contradictions. Il adore l'opéra, mais il est guitariste de blues, il boit trop de café même s'il le supporte mal, il caresse les chats et pourtant il y est allergique. Bref, il adore toucher à tout et faire de nouvelles expériences. Dans son travail, c'est la même chose. Son activité oscille entre l'illustration et la direction artistique. Il fait aussi de la conception pour des films d'animation et réalise des génériques animés pour plusieurs chaînes de télévision pour les jeunes.

De la même auteure, à la courte échelle

Collection Premier Roman

Série Sophie:

Ça suffit, Sophie!
Sophie lance et compte
Ça va mal pour Sophie
Sophie part en voyage
Sophie est en danger
Sophie fait des folies
Sophie vit un cauchemar
Sophie devient sage
Sophie prend les grands moyens
Sophie veut vivre sa vie

Série Léonard:

Le tombeau mystérieux
Deux amis dans la nuit
Le tombeau en péril
Cinéma chez les vampires
Le bon, la brute et le vampire

Louise Leblanc

Un vampire en détresse

Illustrations
de Jules Prud'homme

la courte échelle

Le message

J'ai un ami super planant! Julio Orasul. C'est un vampire. Il vit au cimetière avec ses parents, dans un appartement souterrain.

On communique par des messages qu'on dépose sur la tombe de mon grand-père.

Hélas, on ne se voit pas assez. Julio ne sort pas le jour, car la lumière le tuerait. Puis il faut être prudents. Si le village découvre les Orasul, leur sécurité sera menacée.

Ma famille et notre ami M. Pommier sont au courant. Grâce à eux, je peux organiser des

projets pour distraire Julio. Il supporte mal sa vie de vampire. Il rêve de liberté, de nouvelles expériences.

Pour Noël, je veux lui en offrir une excitante à l'os! Le hic est de convaincre ses parents.

Je lui écris afin d'arranger le coup.

Julio,

Rendez-vous demain soir au cimetière à 21h. Je serai avec M. Pommier. Préviens tes parents qu'il désire les rencontrer. C'est au sujet de ton cadeau de Noël, qui est super planant!

Frissons garantis...

Léonard

1
Je veux t'offrir la liberté!

Fritemolle! Je n'avais pas prévu la réaction de mes parents.

— Tu es inconscient des risques de cette sortie!

— On ne prendra pas une telle responsabilité.

Je leur réplique d'une traite:

— Soyez tranquilles! M. Pommier va la prendre. Il rencontre les Orasul demain. S'ils acceptent, je ne vois pas pourquoi vous refuseriez!

Je suis un gentil garçon, mais je deviens un lion quand je me bats pour Julio. Mes parents semblent assommés.

— Bon! Je vais porter mon message.

Je m'habille en me félicitant de mon audace. Sur le point d'ouvrir la porte, j'entends:

— Je téléphone à M. Pommier. Il ne doit pas s'aventurer dans cette histoire.

— Bof! De toute façon, les Orasul refuseront.

Je sors ébranlé. Un lion piteux, les oreilles basses. Le froid mordant m'achève. J'ai le moral qui chute à zéro.

— Salut, Bolduc! Je voulais justement te parler.

Ah non! Yannick Bérubé, la brute de l'école. Un grand de quatorze ans, toujours prêt à vous sauter dessus. Mais ça fait un moment qu'il ne m'a pas agressé. J'ai moins peur de lui qu'avant.

— On n'a rien à se dire, Bérubé.

— Allez! Cinq minutes, le temps d'un hot-dog chez Marius. Et je t'invite!

Quel culot! S'il croit racheter les misères qu'il m'a faites avec une saucisse! Il aura beau me supplier, ce sera non! Je lui tourne le dos.

— Fiche-moi la paix, Bérubé. Arrête de me coller aux fesses!

— Je vais te les chauffer si tu ne changes pas de ton, gronde-t-il.

Je ralentis malgré moi. La peur renaît dans mon ventre. La pointe d'un iceberg, qui émerge à la vitesse des pas qui se rapprochent. Une main s'abat sur mon épaule, une tonne de glace.

* * *

Je rumine mon hot-dog, tandis que Bérubé dévore le sien.

— Deux autres! lance-t-il à Marius. Je suis plein de fric aujourd'hui, me confie-t-il d'un air étrange.

— Ça ne m'intéresse pas, Bérubé. Vide ton sac.

— Ouais, bon. J'ai un petit service à te demander. Je voudrais te confier une lettre.

Il sort une enveloppe sur laquelle est écrit un nom. Fritemolle! Elle est destinée àààà... Julio!

Bérubé l'a rencontré un soir. M. Pommier a prétendu que Julio était son neveu. Un grand malade. Ce qui expliquait son aspect blafard.

— J'ai pensé que Julio viendrait chez son oncle à Noël, dit Yannick. J'aimerais le revoir. Ouais... Il acceptera après avoir lu ma lettre.

Il n'en est pas question! Je ne mettrai pas Julio entre les pattes de Bérubé.

Le lion en moi se réveille:

— Je ne suis pas ton facteur.

— Alors, donne-moi l'adresse de Julio.

Mon lion se dégonfle aussi sec, paniqué:

— Sooon aaadresse?

— Ouais! Tu ne vas pas me refuser ça. Je pourrais mal le prendre, Léonard.

J'ai un retour de hot-dog, un haut-le-coeur de Bérubé. Hors de moi, je lui vomis à tue-tête:

— Tu ne m'y obligeras pas! Je ne la connais pas! Puis j'en ai assez de tes menaces!

— Wo! me crie Marius derrière son comptoir. Et toi, Yannick, arrête de martyriser ce petit.

Tel un animal traqué, je m'enfuis pendant que Yannick doit se défendre:

— Je n'ai jamais été aussi gentil! Il est dingo!

Je fonce vers le cimetière! Trouver refuge auprès de grand-papa. Il répond toujours à mes appels. Sa voix traverse le temps jusqu'à moi et on parle. Juré, craché, je ne suis pas dingo!

— Grand-papa! Tu es là?

— Je suis là, Léonaaard! Où veux-tu que j'aille?

Son rire chaleureux m'apaise déjà. Je lui raconte tout. Mon projet-cadeau pour Julio, le refus de mes parents, le choc que je viens de subir.

— J'en ai plein la tuque, des autres! Une chance que tu es là, grand-papa!

— J'irais bien te rejoindre, mon petiot. Je m'ennuie de la vie, même avec les autres! On peut en attendre le pire, mais aussi le meilleur.

— En ce moment, j'ai le pire!

— Après la pluie le beau

temps, me prédit-il. Ton projet se réalisera peut-être. Tu devrais laisser ton message à Julio.

* * *

J'ai bien fait d'écouter grand-papa. M. Pommier a réussi à convaincre mes parents et Julio est au rendez-vous. Je lui présente son cadeau:

— Pour Noël, je veux t'offrir la liberté et la vitesse du vent! Une soirée de ski à Beaumont!

Dans les yeux de Julio brillent des cristaux de plaisir. Ils s'éteignent d'un coup, comme les lumières d'un arbre de Noël qu'on débranche.

— Mes parents ne voudront jamais, dit-il.

Cinq minutes plus tard.

— JAMAIS! s'écrie la mère de Julio.

— Pensez aux complications en cas d'accident, souligne son père.

M. Pommier tente de les rassurer, sans succès. Les Orasul sont intraitables.

— Le ski n'est pas pour nous! Point final.

— C'est faux, éclate Julio. Nos cousins de Beaumont en font. Et de la motoneige! Et ils vont au cinéma. Ce sont des vampires modernes.

— De petits fous qui croient pouvoir s'échapper de notre monde, s'exclame Mme Orasul.

— Ils essaient seulement d'améliorer leur sort, note M.

Pommier. Votre vie n'est pas facile pour des jeunes.

— Ah non, murmure Julio en baissant la tête.

2
Plus de peur que de mal!

— Vive le VENT! Vive le vent d'hiVER dans les grands sapins VERTS!

— Et BONNE année grand-PÈRE!

— Du calme! hurle M. Pommier, je ne m'entends plus conduire. J'ai juré à tes parents la plus grande prudence, Julio. Ils ont fini par accepter parce qu'ils t'aiment. Alors, pas de folies.

Julio redevient sérieux. Fritemolle, on est là pour s'amuser, pas pour se torturer! Je rigole:

— Il n'a rien à craindre! Sa mère l'a emballé comme s'il partait au pôle Nord par la poste.

— À propos, dit M. Pommier, quelqu'un m'a remis une lettre pour toi, Julio.

Non! Ça ne se peut pas! Pas...

— Yannick Bérubé! Ça semblait important.

— Il est toujours aussi seul, s'apitoie Julio.

Les griffes me poussent:

— Tu ne vas pas accepter de le revoir?

— Il n'en a pas été question! s'étonne M. Pommier. Yannick part chez un oncle qui a un cha-

let en forêt, près de Beaumont justement.

La surprise passée, je me réjouis sans honte:

— Bon débarras! Il ne sera pas là pour nous compliquer la vie.

Julio prend la lettre et la fait disparaître dans sa poche.

— Nous arrivons bientôt! annonce M. Pommier.

* * *

Voilà une heure qu'on dévale les pentes, et Julio est toujours aussi euphorique:

— AAAH! La nature en liberté. Je plane!

— Pourvu que tu ne perdes pas de vue la piste, le sermonne M. Pommier. Tu t'éloignes trop des zones éclairées.

— Vous oubliez qu'un vampire est une chauve-souris, une créature de la nuit, s'amuse Julio.

— Je dois te suivre et je ne suis pas une chauve-souris, réplique M. Pommier. Bon! On s'arrête pour reprendre des forces.

Il nous entraîne vers la voiture. Il en sort un thermos que lui a remis Mme Orasul.

— Sans doute une de ses horribles mixtures vitaminées, grimace Julio.

— Pour chauves-souris! se moque M. Pommier. Allez! Je te paie un lunch humain.

Pendant qu'on se goinfre de cochonneries, Julio reluque les gens autour.

— Ce serait super de voir Horatio et Bella, mes cousins de Beaumont. Ils sont formidables!

— D'après ta mère, ce sont plutôt de jeunes fous, lui rappelle M. Pommier.

— Elle a peur que je les imite, répond Julio.

— Elle n'a peut-être pas tort, dit M. Pommier. Tu es pas mal casse-cou. Je te le répète, prudence!

On retourne skier sans tarder, le temps file si vite! Trop vite à notre goût. Et quand M. Pommier sonne le départ, Julio me désigne le remonte-pente d'un geste engageant. On s'y précipite sans réfléchir.

Une fois dans les airs, je tourne la tête. M. Pommier est assis quelques sièges derrière nous. La conscience subite de notre bêtise me serre la gorge. Julio ne parle pas non plus. Le vent,

plus agressif, nous balance dans le vide.

Je vois arriver le sommet avec soulagement. Mais dès qu'on prend pied, Julio détale en criant:

— J'ai honte! Je ne veux pas affronter M. Pom...

Il perd l'équilibre, se rétablit, puis file.

Voilà M. Pommier! Il s'élance aussitôt à la poursuite de Julio. Les jambes flageolantes, je le suis. Au fil de la descente, je garde espoir. Il ne s'est rien passé. Toujours rien... Dernière courbe. Fritemolle! Un petit attroupement.

Je le rejoins, fou d'angoisse.

— Plus de peur que de mal, lance M. Pommier.

Mon angoisse s'envole avec mes dernières forces. Je sens

mon coeur battre de l'aile. Je plie les genoux et je tombe, je tombe, je tombe...

3
Elle approche...
Elle s'arrête!

Au chaud et en sécurité dans la voiture, j'explique ce qui m'est arrivé:

— J'avais l'impression que je tombais du haut de la montagne. Que j'allais mourir.

— Moi, j'ai vraiment déboulé la montagne. Et je n'en reviens pas d'être vivant, déclare Julio.

On laisse échapper un rire nerveux. Aucune réaction de M. Pommier. Il n'a pas ouvert la bouche depuis notre départ. Pour l'amadouer, Julio répète ses propres paroles:

— Finalement, on a eu plus de peur que de mal!

— Non! On a pris beaucoup de retard, maugrée M. Pommier. Le temps s'est gâté. Si on était partis plus tôt, on aurait évité cette tempête.

Une tempête! Je colle mon visage contre la fenêtre. D'accord, il neige, mais notre ami exagère. Julio me regarde, effrayé. Je le rassure d'un signe, alors qu'une motte percute ma vitre et me fait sursauter.

M. Pommier conduit en silence, attentif à la route. Les bourrasques se multiplient, charriant des tourbillons de neige, brouillant la chaussée.

Il ralentit. On roule ainsi un bon moment. Comme à bord d'une tortue qui se fiche du temps et dont le seul but est d'arriver à destination.

Quand même, notre conducteur est un peu trop prudent. On vient de déboucher sur une éclaircie, il pourrait accélérer!

Une voiture nous dépasse, puis disparaît tel un fantôme. L'instant d'après, une vague de poudrerie déferle sur nous et nous engloutit. On est plongés au coeur de la tourmente, dans le grand blanc d'un océan de neige.

On ne voit plus rien! M. Pommier freine, la voiture déraaape! AAAH! Elle fonce vers le fossé!

Je saisis la main de Julio pour lui dire adieu.

* * *

Obscurité. Je suis perdu. Un... cauchemar, je sors d'un cauchemar, c'est ça. AÏÏÏE! L'accident! Il me revient! Je le revis, sensations en accéléré.

— JULIO! Monsieur POMMIER! Ils sont morts! Affolé, je tâtonne dans le vide.

— Pas de panique, Léonard. Ça va aller. Tu peux bouger. Moi

aussi. Julio est ici, contre moi, et il respire. Il faut d'abord y voir clair.

La voix de M. Pommier me ramène d'outre-tombe. Je perçois des mouvements dans le noir, puis un gémissement. Julio revient à lui! Un déclic: la lumière jaillit d'une torche électrique.

Je n'ai qu'une idée, rejoindre Julio.

La voiture étant inclinée, je saisis le dossier à ma portée pour me hisser entre les deux sièges avant.

M. Pommier examine Julio.

— Rien de cassé, je crois.

— Ma têêête, se plaint celui-ci.

M. Pommier y jette l'oeil et rassure Julio.

— Une simple petite coupure.

Il s'empresse néanmoins de faire un bandage avec son écharpe, et il décide aussitôt:

— Je sors en reconnaissance. Ma portière est bloquée. Pour atteindre l'autre, je dois être à l'aise. Il faut transférer Julio à l'arrière.

Je l'aide de mon mieux, compte tenu de mes courbatures. Julio se retrouve calé au fond de la voiture avec moi. M. Pommier semble harassé, il me dit dans un souffle:

— La couverture, là! Il faut vous envelopper p...

Le bruit soudain d'un moteur étouffe sa voix. Une pétarade qui s'éloigne en un éclair. Mais notre vieil ami en est tout ragaillardi:

— Une motoneige! Elle est passée à côté! La piste doit longer la forêt à cet endroit. J'y vais!

Prenant appui ici et là, il atteint la portière. Dès qu'il l'ouvre, la neige s'engouffre à l'intérieur.

Ce brusque rappel de la tempête m'anéantit.

Que peut espérer M. Pommier? Il n'y aura pas d'autre motoneige. Celle-ci a été surprise en route, comme nous. Il faudrait être fou pour sortir par un temps pareil.

De nouveau plongé dans le noir, je succombe au désespoir et à l'épuisement...

— LÉONARD! JULIO!

M. Pommier est de retour dans la voiture!

— J'ai pu ouvrir le coffre arrière et récupérer les feux de détresse, nous annonce-t-il. Je les ai mis au bord de la piste. J'ai aussi trouvé le thermos.

La mixture vitaminée de Mme Orasul est vraiment infecte. Cependant, elle nous revigore tous les trois. Pour un moment, du moins.

Peu à peu, je sombre dans une torpeur qui me fait délirer. J'appelle grand-papa. C'est ma mère qui répond: «Tu es inconscient des risques de cette sortie!» Une autre voix gronde. Celle de Bérubé! Sa main s'abat sur mon épaule. Non!

— C'est moi, Léonard!

Ramené à la réalité, je reconnais M. Pommier.

— Tu entends? dit-il. Le bruit d'un moteur! Une motoneige! Elle approche... Elle s'arrête!

Il traverse à l'avant de la voiture, ouvre la fenêtre et agite sa torche électrique. Quelques

instants plus tard, un visage apparaît dans... Non! Ça ne se peut pas! Je délire encore.

4
Tu es devenu dingo, Léonard!

— Je veux la vérité, s'impatiente M. Pommier. Ton oncle ne t'a pas laissé sortir par une telle nuit.

Yannick Bérubé nous raconte une histoire terrible. Il a d'abord volé de l'argent à son père.

Je me rappelle ses paroles chez Marius: «Je suis plein de fric aujourd'hui.»

Le père l'a su et lui a donné une volée. Puis il l'a envoyé chez son frère, qui est aussi brutal.

— Ce soir, il ne se méfiait pas, explique Yannick. J'ai pu me sauver. Je préférais affronter la tempête.

— Je comprends, marmonne M. Pommier. Je te promets de m'occuper de toi, Yannick. Mais avant tout, je dois nous tirer d'ici. La route est fermée, on n'a vu aucune lumière de ce côté. Alors dis-moi, ton oncle a-t-il une autre motoneige?

— Plusieurs. C'est lui qui tient l'atelier de mécanique, vous savez, à la croisée des pistes!

— Je vais y aller et revenir avec lui. Il faut deux motoneiges pour nous en sortir.

— Je ne resterai pas. Je ne veux pas le revoir.

— Tu n'as pas à avoir peur, je serai là. Fais-moi confiance! Comme j'ai confiance en toi, ajoute-t-il, pour veiller sur Léonard et Julio.

— Julio! s'exclame Bérubé. Je ne l'avais pas reconnu.

— Bonjour, Yannick, murmure Julio. Merci de t'être arrêté.

Ses paroles opèrent une transformation chez Bérubé. Il semble prendre la situation en main.

— J'ai apporté une couverture thermique et quelques provisions. Je vais les chercher, dit-il.

— Bien! Je te rejoins à la motoneige, lance M. Pommier. Je ferai vite, les enfants. Courage!

Je croule plutôt sous les émotions. Je me sens nul. Et j'en veux à Bérubé. Pour qui se prend-il? Un sauveur! Je peux veiller sur Julio sans lui.

Je... j'arrive à peine à me soulever tant je suis ankylosé. Et un courant d'air glacial me rabat sous la couverture.

C'est le Sauveur qui se ramène!

— Bonne nouvelle! La tempête a un peu diminué. Et j'ai ce qu'il faut pour vous réchauffer.

Il délaye de la poudre dans un thermos et me le tend. Je veux refuser, mais mon corps crie à l'aide. J'avale le potage fumant. Il me ressuscite.

Yannick se penche vers Julio et s'arrête brusquement. Julio! Du sang coule sur son front. Un

sursaut d'épouvante me fait dresser.

— Je sais quoi faire, réagit Bérubé. Surtout, ne détache pas l'écharpe!

Il sort un canif de son sac, le place entre ses dents et bondit hors de la voiture.

Je reste figé. Paralysé par la peur. Le sang coule de plus en plus. La panique m'envahit. J'en tremble, comme si je sentais la mort arriver.

— Pousse-toi, Léonard!

Yannick! Je ne l'avais pas entendu entrer.

Il rapporte une plaque de glace, qu'il casse avec son canif. Puis il applique une couche épaisse de glaçons sur le front de Julio.

Sous son influence, je recouvre mes esprits. Je lui remets

mon écharpe pour faire un second pansement. Et je remplis le bouchon du thermos.

— Bonne idée, approuve Yannick en le prenant.

Le bouillon chaud redonne vie à Julio:

— Hmm... Je crois... reviens... loin. Vous...

— Il faut lui parler, qu'il demeure conscient, dit Yannick.

— Tu nous as fait peur, tu sais. Surtout à moi!

— ... Êtes formidables.

— C'est toi qui es formidable, enchaîne Bérubé. Je te l'ai écrit dans ma lettre.

— Ta... lettre, oui! Je n'ai... eu le temps de la lire.

— Je la connais par coeur! Je l'ai recommencée dix fois. Écoute! Alors, euh... ouais, voilà:

Julio, quand je t'ai rencontré, tu as été gentil avec moi. Je t'ai trouvé formidable. Avant de te connaître, je croyais que... la bonté n'existait pas. Tu as allumé une petite bougie d'espoir dans ma vie qui est si noire. Je...

Bérubé se confie à Julio comme... à un ami. Il semble si fragile, tout à coup. Je ne sais plus quoi penser de lui. Je suis tout mêlé...

Je me glisse à l'avant de la voiture pour me dégourdir le corps et l'esprit. Enhardi, je grimpe jusqu'à la portière et j'ouvre la fenêtre.

C'est vrai que le vent a faibli, j'entends... Fritemolle! Deux motoneiges. Elles s'arrêtent! Ça ne peut pas être M. Pommier, il vient de partir.

— Quelqu'un arrive! dis-je en me penchant.

Je saisis la lampe et je passe le buste à l'extérieur. Une ombre approche. Je l'éclaire...

— C'est mon oncle? demande Bérubé, inquiet.

— C'est... le... PÈRE NOËL!

— Tu es devenu dingo, Léonard! crie Bérubé.

* * *

Les dingos, ce sont nos visiteurs: un couple déguisé en père Noël et en Fée des étoiles. Ils voulaient faire une surprise à leur petit cousin. Par un temps pareil! Vraiment dingos.

Ils offrent de nous amener. Je leur explique que M. Pommier sera bientôt là. Ils décident de rester.

— On ne sait jamais, dit la Fée des étoiles.

Je les invite à se mettre à l'abri dans la voiture. Le père Noël propose de jeter un oeil à Julio.

— Vous avez mis de la glace! Bien! Elle a stoppé l'hémorragie. Mais! Mais c'est...

Qu'est-ce qu'il lui prend de tapocher Julio!?

— Julio! Reviens à toi! C'est Horatio! Ton cousin de Beaumont!

Le fameux vampire dont m'a parlé Julio!

— Julio est inconscient! Il n'y a pas de temps à perdre. Il a besoin de s... d'une transfusion de sang. Je sais que le sien est de type *V2*, comme celui de ses parents. Vite!

Impossible d'arrêter Horatio. Il est déterminé. Puis j'ai compris le sens de *«V2»*. Le sang qu'il faut à Julio est de type *«vampire 2»*. Comment l'expliquer à Bérubé!? Il ignore que Julio est un...

— Julio a besoin d'un sang spécial! s'exclame Yannick. Parce qu'il est un... grand malade, c'est ça? Il faut le sauver, Léonard! Pars avec lui, je reste pour prévenir M. Pommier. S'il trouve la voiture vide, il s'imaginera le pire. Va!

* * *

— Si tout se passe bien, on sera chez les Orasul en moins d'une heure, évalue Horatio.

Il a installé Julio dans un traîneau fixé à sa motoneige. Je grimpe sur celle de Bella, alias la Fée des étoiles. Et on se met en route.

Le froid me pénètre à l'os.

J'en arrive à regretter d'avoir quitté la voiture. Je pense alors à Bérubé, resté seul. En sachant qu'il reverrait son oncle. Tant de courage pour... sauver Julio. J'ai honte de ma faiblesse.

Puis on se retrouve à l'abri. La piste s'enfonce dans la forêt où règne un silence douillet. Les sapins dorment sous leur couette de neige. Ils se réveillent en sursaut à la lumière de nos phares.

Les motoneiges filent comme des satellites dans un monde peuplé de fantômes immobiles. J'ai l'impression que ce voyage ne finira jamais. Que nous n'arriverons pas à gagner cette course contre... la mort.

Tout à coup, nous débouchons sur un lac. Je constate que la tempête est maintenant derrière nous. Et Horatio profite du terrain plat pour accélérer.

Sa motoneige s'éloigne. En rapetissant, elle semble monter dans le ciel. À mes yeux, elle prend la silhouette d'un traîneau conduit par le père Noël.

Une idée folle me vient. Si je crois de toutes mes forces au père Noël, il exaucera mon voeu:

«Je vous en supplie, père Noël, faites-moi un dernier cadeau. Accordez-moi la vie de Julio! Après, vous n'entendrez plus parler de moi.»

5
Tu avais raison, grand-papa!

À notre arrivée, hier, Bella est venue me reconduire. Je ne sais pas si Julio s'en est sorti.

Aujourd'hui, j'ai dormi. Pour oublier.

Ma mère m'a tiré du lit à seize heures:

— Il faut se rendre chez les Orasul, Léonard.

Je ne veux pas. J'ai peur d'apprendre que j'ai perdu mon ami pour toujours.

— Tu entends, Léonard? M. Pommier est là.

Tel un zombi, je les rejoins au salon.

— Aussitôt la route ouverte, je suis revenu en taxi avec Yannick, raconte M. Pommier. J'ai averti ses parents que je ferais le nécessaire pour sa protection. Je soumettrai le cas à...

Les paroles de M. Pommier sont balayées par la tempête qui m'agite. J'ai la tête qui tourne...

— Il serait temps de partir, déclare mon père.

Il me secoue gentiment. Me traîne à la voiture. Puis dans le cimetière. Le tombeau des Orasul.

L'escalier qui mène à l'appartement. J'ai le vertige. La porte s'ouvre...

Fritemolle! Julio! C'est lui qui a ouvert! Je tombe dans ses bras et j'éclate en sanglots...

* * *

L'émotion passée, les Orasul confirment que Julio a repris vie grâce à la transfusion de sang. Ils n'en disent pas plus. Comme s'ils voulaient garder pour eux certains secrets de vampire.

Moi, j'ai envie de partager le mien. Je révèle aux autres que j'ai supplié le père Noël de sauver Julio. Et qu'il m'a exaucé.

Devant leur air ahuri, je comprends que j'aurais dû garder mon secret pour moi. J'ajoute:

— Je parlais d'Horatio! C'est lui, le père Noël.

— Plutôt Yannick, lance Horatio. S'il n'avait pas mis de glace, l'hémorragie aurait emporté Julio.

— Qui est ce garçon? demande M. Orasul.

M. Pommier trace le portrait de Bérubé.

— Il fait parfois des folies parce qu'il est laissé à lui-même, conclut-il. Mais il a de belles qualités.

— La principale est qu'il a sauvé mon fils, dit M. Orasul. Je tiens à lui exprimer ma gratitude.

— Pas question qu'il vienne ici! s'affole Mme Orasul. On ne peut se fier à ce garçon instable.

— En effet! On ne peut se fier à lui, à Horatio et à Bella, se scandalise Julio. Ces «jeunes

fous» en motoneige qui jouent au père Noël pour moi!

La mère de Julio devient rouge... père Noël.

— Ça va, tante Anna, on connaît vos frayeurs, s'amuse Bella. Je vous jure qu'on est prudents. Ainsi, on est déjà sortis le jour, mais à l'aube!

Mme Orasul redevient... blanc vampire.

— Je vous convie à une expérience moins risquée, propose ma mère. Le réveillon!

— Si on invitait Yannick, suggère M. Pommier. Vous pourrez lui exprimer votre reconnaissance.

Tout le monde l'approuve. Même Mme Orasul.

* * *

Avant de quitter le cimetière, je rends visite à mon grand-père. Je lui dis:

— Je comprends maintenant que tu t'ennuies de la vie, grand-papa. Quand on voit la mort de près comme je l'ai vue, on trouve que la vie est super planante!

— Profites-en, mon petiot!

— Tu avais raison aussi au sujet des autres. On peut en attendre le pire et le meilleur. Bérubé a été formidable. Le pire... euh, c'est que ça me dérange! Et je me sens moche à l'os!

— Tu crains que Julio s'attache à Yannick? Ne voulais-tu pas lui offrir la liberté pour Noël? C'est le moment. Laisse le décider, si tu es son ami!

— Je suis son ami! À la vie, à la mort! D'accord! Je vais donner

à Julio la liberté. En espérant que Julio, lui, ne donne pas à Yannick son adresse...

J'entends le rire chaleureux de grand-papa. Et je me sens déjà mieux. Je vais pouvoir fêter en paix.

Table des matières

Achevé d'imprimer
sur les presses de Litho Acme inc.